वो साथ साथ दिन

लेखक

संजय रावत

यह पुस्तक और मेरा जीवन मेरी पूजनीय माताजी और उन सभी महिलाओं को समर्पित है जिन्होंने अपने परिवार के लिए अपना पूरा जीवन समर्पित कर दिया, लेकिन शायद आज तक उनके योगदान के लिए प्रशंसा के दो शब्द भी नहीं मिले।

मैं उन सभी महिलाओं को दोनों हाथ जोड़कर नमन करता हूँ और उनके त्याग और बलिदान के लिए समस्त मानव जाति की ओर से उनके समक्ष नतमस्तक हूँ।

***

पहला अध्याय

मैं अकल का कोल्हू हूँ,

उल्लू हूँ, घोंचू हूँ, उल्लू का पट्ठा हूँ....

पद्मिनी कोल्हापुरी ने झुंझला कर अनिल कपूर को गाने की गलत लाइन बताई और अनिल कपूर उस पर भी गाना गाने लगा तन्मयता से तो मास्टर राजू और पद्मिनी कोल्हापुरी का हंस-हंस के बुरा हाल हो गया....

वो 7 दिन....इस मूवी के सीन को एन्जॉय करते करते और संडे के दिन महेश बाबू के घर पर बैठी स्कूल की मंडली ने डिसाइड किया कि भाई आने वाले चुनाव में अपने में से कोई एक तो खड़ा हो जाओ।...बहुत दिन हो गए ढोल पे डांस नहीं किया है। अब दूसरी शादी तो करने से रहे और अभी बच्चों की शादी में वक्त है काफी।और इस तरह की बातों के बीच में और हंसी ठहाकों के बीच में शाम गुजर गई और डिनर के बाद सब अपने अपने घरों को निकल गए। पर यह बात मेरे मन में घर कर गई कि क्या यह हो सकता है, कौन करेगा..

सब तो बिजी हैं अपनी लाइफ, नौकरी में ...सिर्फ मैं ही हूँ जिसने दो साल पहले प्रीमैच्योर

रिटायरमेंट लिया सरकारी नौकरी से...तो बस दिमाग के किसी कोने में बात घर कर गई ....

दूसरा अध्याय

गोलमॉल है भाई सब गोलमाल है

सीधे रस्ते की यह टेडी यह चाल है

गोलमाल है भाई सब गोलमाल है

नामांकन भरने का दिन आ गया..बड़ी-बड़ी पार्टी के कैंडिडेट अपनी सो कॉल्ड टीम के साथ

रिटर्निंग ऑफिसर के ऑफिस में भीड़ जुटाए जमा थे...मेरे साथ भी मेरी टीम थी मेरे 80

वर्षीय बापूजी...बापूजी के बारे में थोड़ा सा बताना आवश्यक समझता हूँ कि..हमारे बापूजी

ने लगभग 35 साल अपने सरकार को समर्पित कर दिए..ज्यादातर वक्त उनका स्वास्थ्य

मंत्री केकार्यालय में गुजरा और अपने सर्विस के दौरान बहुत बार वो मंत्रियों के साथ उनके

नामांकन के पेपर लेकर आते थे पर आज अपने बेटे के साथ आए तो अलग ही चेहरे पे उनके

चमक थी और सीना 56 इंच से ज्यादा बड़ा हो गया था..संयोग देखिए किसी पुराने स्वास्थ्य

मंत्री की सुपुत्री भी आज अपनी टीम के साथ नामांकन भरने आई ..

नामांकन की प्रक्रिया शुरू हुई...एक-एक करके बड़ी-बड़ी पार्टी के उम्मीदवार आए हुए थे.....

नामांकन की प्रक्रिया शुरू हुई और सबसे बड़ी पार्टी के उम्मीदवार आए और अपने पेपर

ऑफिसर के सामने रखे..उन्होंने पेपर की जांच पड़ताल करी और नामांकन पत्र के अनुसार शपथ लेने के लिए उम्मीदवार से पूछा कि वो शपथ हिंदी में लेंगे या अंग्रेजी में....उम्मीदवार ने हिन्दी के विकल्प को चुना तो अधिकारी ने शपथ हिन्दी में पढ़ना शुरू किया। मैं .पहली पंक्ति बोली और उम्मीदवार को दोहराने के लिए कहा पर जैसे ही उम्मीदवार ने शपथ लेनी शुरू करी..... किसी ने बहुत जोर से गाना बजा दिया...गोलमाल है भाई सब गोलमाल है...मैं खिड़की से बाहर देखने लगा और बापूजी से बोला कितना जोर से गाना बजा रहा है कोई...बापूजी बोले बेटा कौनसा गाना मुझे तो नहीं सुनाई दे रहा...मैं थोड़ा अचरज में फिर याद आया बापूजी थोड़ा ऊंचा सुनते हैं...फिर जैसे ही उम्मीदवार ने शपथ दोहराना शुरू किया..फिर जोर से गाना किसी ने बजा दिया...गोलमाल है भाई सब गोलमाल...इस बार मैंने साथ में बैठे रविंदर सिंह जो की एक निर्दलीय उम्मीदवार और मेरे अच्छे दोस्त..पर उन्होंने भी वही कहा कि कौन सा गाना मुझे तो नहीं सुनाई दे रहा....मैं भी

बड़े अचरज में..फिर उसके बाद मेरा नंबर था। मुझसे भी पूछा किया हिंदी या अंग्रेजी तो मैंने हिंदी का विकल्प चुना...शपथ लेते वक्त मेरी नजर सामने अशोक चिन्ह पर पड़ी

जो की चुनाव अधिकारी के बिलकुल पीछे था..बड़ा सा सुनहरे रंग में धातु से बना हुआ और

मेरे दिमाग में राष्ट्रगान सुनाई देने लगा...और अचानक से ऐसे लगा जैसे कमर एक दम

तन सी गई हो और एक कर्तव्य का एहसास होने लगा ....ऐसा आजतक कभी नहीं हुआ

था...

तृतीय अध्याय

दीये जलते हैं,

फूल खिलते हैं,

बड़ी मुश्किल से मगर ,

दुनिया   में   दोस्त   मिलते   हैं

मेरा नामांकन पत्र और साथ में एफिडेविट ठीक ठाक हो गया पर अन्य लोगों के कागजात

में कुछ ना कुछ नुक्स निकाल कर दुबारा लाने को कहा गया..अगले दिन आखिरी दिन था

और सब बड़ी ही परेशानी में लग रहे थे पर मैं अपना आराम से घर की तरफ चेहरे पर एक

विजयी मुस्कान लिए बढ़ा जा रहा था..तभी मेरे आगे मैंने देखा की रविंदर सिंह बहुत ही

दुविधा में और मन ही मन कुछ बड़बड़ाते जा रहे थे..मैंने पूछा रविंदर भाई क्या हुआ सब

ठीक...तो वो बोले क्या खाक ठीक..फिर से वही पिछली बार वाली गलती बता कर वापस

भेज दिया..अब कल आखिरी दिन है..वकील को फोन किया तो वो बोल रहा है की नोटरी ने

गड़बड़ कर दी और नोटरी बोल रहा वकील ने ही गलत बना कर भेजा...मैंने पूछा दिखाओ

क्या हुआ है...फिर मैंने उनका एफिडेविट पढ़ा और उसमें पाया कि एक लाइन ना लिखने की

वजह से उनका एफिडेविट तीसरी बार गलत हुआ है..फिर मैंने अपने एफिडेविट की कॉपी में

से वो वाला पृष्ठ फाड़ा और कहा ऐसा करके ले आना सही हो जाएगा...उन्हें विश्वास नहीं

हुआ कि इतनी छोटी सी गलती से ठीक हो जाएगा..पर अगले दिन जब मैं आया तो मेरा

इंतजार कर रहे थे और इस बार हाथ मिला कर नहीं एक दोस्त दूसरे दोस्त के गले लगा...फिर

दोस्ती का सिलसिला कुछ ऐसे बढ़ा की रविंदर भाई के ऑफिस गया ..दोनों ने साथ साथ

लंच किया..उनके एनजीओ गया बच्चों से मिला..उनकी टीम के बच्चे मेरा भी प्रचार करने

लगे अपने कॉलेज में...और चुनाव के बाद हमने शिमला जाने का प्रोग्राम भी बनाया है..

चतुर्थ अध्याय

कोई माने या ना माने,

सच कह गए लोग सयाने,

बुरे काम का बुरा नतीजा,

क्यों   भाई   चाचा   ,   अरे   हां   भतीजा

गाँव के मेरे एक चाचा, बहुत एक्टिव और बहुत समझदार को जब पता लगा की मैंने न्यू

दिल्ली सीट से लोक सभा का नामांकन पत्र भरा है तो उन्होंने मुझे फोन किया। पर चुनाव

के पेपर भरने वाले दिनों में मैं बहुत भागदौड़ में बिजी चल रहा था। तो उनका फोन दिन में

नहीं उठा पाया और सोचा की शाम को घर पहुँच कर इत्मीनान से कर लूंगा उनसे बातचीत।

मेरा अंदाजा था कि चाचा शायद और लोगों की तरह बोल रहे होंगे बहुत बढ़िया किया भतीजे

कोई मदद या सलाह की जरूरत होगी तो बताना। पर शाम का इंतजार करना नहीं पड़ा, चाचा

की पहले बापूजी से बाद में बड़े भाई से बात हो गई थी और डायरेक्ट या इनडायरेक्ट एक

मैसेज आ चुका था कि क्यों खड़ा है। बड़ी पार्टी के वोट काटेगा और कुछ नहीं। मुझे थोड़ा

धक्का सा लगा पर ऐसे धक्कों से ही मुझे किक मिलती है। सलमान भाई का मैं भी फैन हूँ

और किक फिल्म मैंने कई बार देखी है। फिर एक दूसरे चाचा का फोन आया की जिस दिन बोलोगे उस दिन मैं तुम्हारी बड़ी पार्टी के उम्मीदवार से मुलाकात करवा दूँगा। पर क्यों???

शायद उन्हें लगा की मेरा इरादा चुनाव में खड़ा होना नहीं बल्कि खड़े हो कर बैठने का है। उसके बाद सिलसिला शुरू हुआ ट्रोल का। हमारे गाँव के व्हाट्सएप ग्रुप में चाचा ने मेरे खिलाफ एक मुहिम सी छेड़ दी। पर गाँव चाहे छोटा हो पर चाचाओं की कमी नहीं, कोई अगेंस्ट तो कोई फेवर में भी। आपस में चिंतन शुरू हो गया। जो माहौल की कमी खल रही थी वो अब बनने लगा था। धमकियाँ दी जाने लगीं। मेरे बड़े भाई की तरफ से डायलॉग आया कि भाई तू चुनाव जीते या ना जीते दो चार के सर फुड़वा के मानेगा अगली गाँव की मीटिंग में।

इन चाचाओं की बदौलत मैं थोड़ा बहुत पॉलिटिक्स को जान पाया। कहते हैं प्यार अंधा होता है, पर यहाँ तो वोटर का अपनी पार्टी की तरफ प्यार और स्नेह भी अंधभक्त की तरह है और प्यार को तो मीलों पीछे छोड़ दिया इनकी भक्ति ने। सच कहा भक्ति में शक्ति।

पांचवां अध्याय

आज मेरे यार की शादी है,

आज मेरे यार की शादी है,

लगता है जैसे सारे संसार की शादी है,

आज   मेरे   यार   की   शादी   है

जहाँ-जहाँ खबर फैली, तो एक खुशी का माहौल सा बन गया। दोस्तों, वेल विशर्स के फोन आने शुरू हो गए। दोस्तों ने ग्रुप बना दिए। नारे, भाषण, गाने, पोस्टर ऑन वेरीअस थीम्स बनाने शुरू हो गए। मीटिंग्स प्रपोज होने लगीं, एक-दो मीटिंग्स हुईं भी पर वो चुनाव के टॉपिक के आसपास घूम कर पार्टी के माहौल में खो गईं। सजेशन्स की कमी नहीं थी पर मुझे एक बात क्लियर थी बेटा ओखली में सिर तुमने दिया है तो मुसल भी तुम्हें ही खाने हैं। क्यों किसी और को मुसलों की मार खिला कर जिंदगी भर की आह लोगे। तो दिमाग को ठंडा रख कर सबकी बातें सुनी जा रही थीं दो चार फिल्टर लगा कर। पर इसका फायदा यह हुआ कि बरसों से जिनसे बात नहीं हो पाई थी उन सबसे दुबारा बातचीत शुरू हो गई और हाल-चाल पता लगा। पर जिसका भी फोन आया सब खुश थे और एक ही बात कहते भाई मजा आ

गया। उनके इस डायलॉग ने एक बूस्टर का काम किया और मैं लगा रहता क्रिएटिव्स बनाने में, भाषण बनाने में। पर मेंटली थक जाता था शाम होते-होते। और शाम को दोस्तों की तरफ राउंड लगाने निकलता और तब ही घर लौटता जब तक दिन भर सिर पे चढ़ा चुनावी बुखार उतर न जाता। यह रोज का किस्सा बन गया, रात को घर 1-2 बजे आना। मोहतरमा बीवी ने भी खूब साथ दिया, घर आने के बाद कोई टिप्पणी या विशेष भाषण न दे कर मेरा हौसला बढ़ाया और इस तरह चुनावी माहौल के हर दिन को सुखद अंत मिलता। पर यह तो है मेरे चुनाव में खड़े होने से सबको ऐसा लगा कि जैसे वो ही चुनाव लड़ रहे हों। क्या रिश्तेदार, क्या कज़िन, क्या मेरी टीचर, क्या मेरा भाई, क्या मेरे स्कूल के दोस्त, क्या मेरे ससुर जी, क्या मेरी बीवी की बड़ी बहन, क्या मेरे पुराने ऑफिस के बच्चे, और भी बहुत से जाने-पहचाने लोग सब एक जुट हो कर एक फोर्स की तरह सामने आए। हर किसी ने मेरी इस छोटी सी लड़ाई में अपना पूरा-पूरा योगदान दिया। हैट्स ऑफ़ टू ऑल ऑफ़ देम।

छठा अध्याय

ज़िन्दगी मिलके बिताएंगे

हाल-ए-दिल गा के सुनाएंगे

हम तो सात रंग हैं

ये   जहाँ   रंगीन   बनाएंगे

जब मैंने चुनाव में नामांकन भरने का निर्णय लिया तो सच कहूँ तो मेरे दिमाग में कोई लक्ष्य

कोई उद्देश्य नहीं था। मुझे यह नहीं पता था कि मैं चुनाव में क्यों लड़ रहा हूँ। शायद मुझे

सुर्खियों में आना था, या दो साल घर में बैठते-बैठते मैं थोड़ा उकता गया था तो कुछ कर लेते

हैं वो सोच कर चुनाव में भाग लेने का सोचा, मुझे लोगों को चौंकाने में मज़ा आता है शायद

यह भी एक मुहीम हो, या क्या पता मैं किसी को दिखाने मात्र के लिए यह कर रहा हूँ। इस

तरह के अनेक विचार मेरे दिमाग में दौड़े। दोस्तों और जान-पहचान वालों से भी विचारों का

आदान-प्रदान हुआ। और जिसमें कई तरह के सुझाव के साथ-साथ यह एक प्रश्न खासतौर

पर आया कि भाई आप करना क्या चाहते हो आपका एजेंडा क्या है। पर जैसे-जैसे मैं इस

प्रक्रिया में घुसता गया मुझे लगा एक नए ही संसार में कूद पड़ा हूँ। एक नेता को एक सफल

नेता बनाने के लिए न सिर्फ एक महिला के हाथ की जरूरत होती है परंतु एक टीम का बहुत बड़ा हाथ है। यह टीम चुनाव के शुरू होने के कम से कम 6-8 महीने पहले से काम शुरू कर देती है। यह उसकी एक छवि/इमेज का निर्माण करती है जो उसे बाकियों से अलग पहचान देता है। अगर बड़ी पार्टी का ठप्पा लग जाए तो फिर नेताजी की उड़ान को सुनहरे पंख लग जाते हैं क्योंकि आजकल चुनाव सिर्फ आदर्शों का ढोल बजाने से नहीं बल्कि पैसे को पानी की तरह बहाने से जीता जाता है। 100-200 करोड़ किसी भी बड़ी पार्टी का अपने उम्मीदवार पर लगाने में कोई बड़ी बात नहीं। उसके विपरीत हमारे जैसे निर्दलीय लाख का आंकड़ा पार कर जाएं तो भी गनीमत है। भाई पेंशन से आजतक तो किसी ने चुनाव नहीं जीता और अगर जीता है तो बता देना उनके चरण धो-धो के पियूँगा। कहानियां लिखी जाती हैं, वोटर्स के बीच में किंवदंतियाँ बहने लगती हैं, घर-घर जा कर अपने वोटर पक्के किए जाते हैं। नेताजी को एक महानायक बनाने के लिए मीडिया के हर भाग हर स्वरूप को प्रयोग में लाया जाता है।

न केवल टीम लग जाती है कि नेताजी को महानायक बनाया जाए अव्वल यह भी ध्यान दिया जाता है कि दूसरे नेताओं की छवि को कैसे धूमिल किया जाए। कोई भी कसर नहीं

रहने देती यह टीम। और जैसे-जैसे चुनाव पास आते हैं तो इनके कार्य में तीखापन और इरादों में एक खतरे का एहसास होने लगता है। वोटर को पहले देश खतरे में है, आपकी कौम खतरे में है और अंत में हम ही हैं मसीहा कह कर डराया जाता है। आजकल पहले की तरह प्याज के भरोसे चुनाव नहीं जीते जाते पर एक डर का माहौल बनाया जाता है और डर के आगे ही जीत है।

वादा तेरा वादा,

वादा तेरा वादा

वादे पे तेरे मारा गया,

बंदा मैं सीधा-साधा,

वादा तेरा वादा, वादा तेरा वादा..

दोस्तों रिश्तेदारों और बाकी सब वेल विशर्स जिन्हें मेरे चुनाव लड़ने में ज़रा सी भी दिलचस्पी थी पूछ लिया भाई तुम्हारा घोषणा पत्र क्या कहता है, कुछ वादे करोगे की नहीं जनता से। मैंने एक सेकंड के लिए सोचा और फिर अखबार के साथ आए हर पार्टी के घोषणा पत्रों को टटोलने लगा। कोरे वादे, मनगढ़ंत कहानियां और सिर्फ और सिर्फ लुभावने आकर्षणों से भरा था घोषणा पत्र। बस यह लिखना बाकी रह गया था कि तुम कहो तो तुम्हारे लिए चाँद तारे तोड़ लाऊं, आसमान को जमीन पर उतार लाऊं... साला इससे बढ़िया गप्प तो मैंने ही मार दी थी। स्टारमेकर ऐप पर मेरे कुछ यूक्रेनियन और रशियन दोस्त बन चुके थे। मैंने अपने चुनाव के पोस्टर उनको भी भेजे और कहा अपने दोस्तों में आगे फॉरवर्ड कर देना। उन्हें पहले

तो थोड़ा नहीं बहुत अचरज हुआ कि उनके देश में मेरे पोस्टर या संदेश क्या करेंगे। मैंने एक

ही बात मन में सोची कि यह सवाल आजतक इनके दादा ने राज कपूर साहब से तो नहीं पूछा

कभी जो कि राज कपूर साहब को देखते अपनी टूटी-फूटी हिंदी में 'आवारा हूँ' गाने लगते।

पर फिर मैंने उनसे एक वादा कर डाला। मैंने कहा अगर मैं चुनाव में जीत गया तो तुम्हारे

देश में जो लड़ाई हो रही है वो रुकवा दूँगा। यह कहते हुए तनिक भी मेरे मन में शंका नहीं हुई

और ऐसा लगा कि मैं वाकई में इन दोनों के देश में चल रहे युद्ध को रुकवा सकता हूँ... पर

कैसे वो मुझे नहीं पता... भाई कुछ दिनों पहले तो मैंने चुनाव लड़ने के बारे में भी नहीं सोचा

था पर जिस दिन से सोचा फिर पलट के नहीं देखा... तो अगर सोच लिया कि लड़ाई रुकवा

दूँगा तो रुकवा के मानूंगा... अब जीत हो या ना हो... यह नया बीड़ा उठा लिया मैंने चुनाव

प्रक्रिया शुरू होते ही पुछना ....शायद ऐसे ही बीड़ा मेरे बड़ी-बड़ी पार्टियों के उम्मीदवारों ने

उठाया होगा ....और उनका बखान अपने चुनावी घोषणा पत्र में छा दिया होगा...

आठवां अध्याय

तुम साथ हो जब अपने,

दुनिया को दिखा देंगे,

हम मौत को जीने के,

 अंदाज़ सिखा देंगे...

और वाकई में चुनाव आयोग के सभी अधिकारियों ने मेरा बहुत साथ दिया... वो भी पहले दिन से ही... जैसे ही नामांकन का फॉर्म जमा करने पहुँचा अपने बापूजी के साथ तो रिटर्निंग ऑफिस के चेम्बर में प्रवेश करते ही दरवाजे पर एक अधिकारी सुरक्षा शुल्क लेने के लिए बैठे हुए थे। 25000 रुपये वो भी नगद मांगने लगे। आज के डिजिटल जमाने में 2500 नहीं रखता कोई और 25000, हमने कहा हम तो UPI करेंगे तो बोले अभी UPI का प्रावधान नहीं है बगल में UPSC में एटीएम है वहाँ से निकाल के ले आइए। हम इंतजार करते हैं तब तक आपका।

फिर पेपर की जांच पड़ताल के दौरान भी चुनाव आयोग के अधिकारी बहुत मददगार साबित हुए और खासकर जब उन्हें पता लगा कि कुछ साल पहले मैं भी उनमें से ही एक था तो फिर उनका रवैया एकदम भाईचारे में बदल गया। अब मैं उनके अंदर छिपे किसी अरमान को जीने का हिस्सा बन चुका था....उन्हें यह तो पता था कि मेरा चुनाव में जीतना उतना ही कठिन है जितना पृथ्वी से चाँद तक रोड बना कर उस पर गाड़ी चलाते हुए बिना टोल दिए स्टाफ चलाते हुए चाँद तक पहुँचना....

क्योंकि मैं अपना सारा काम खुद ही कर रहा था और उन्हें पहले दिन से पता था कि भाई की लगी पड़ी है तो बेहतर होगा कि और ना लगाई जाए... पूरे चुनाव के दौरान... हिसाब का बही खाता तीन बार सत्यापित कराने जाना पड़ता है... और उससे पहले किताबों में एंट्री करनी जाती है... अब बड़ी-बड़ी पार्टियाँ तो चार्टर्ड अकाउंटेंट को यह काम सौंप देती हैं... पर मैं खुद ही लग गया... मुश्किल थोड़ी इसलिए हुई कि साइंस का छात्र रहा हूँ... पर अकाउंट्स का नहीं या समझ-बूझ का ज्यादा परिचय देना था... जो कि मैंने दिया... और जो-जो वो बोलते गए उसको अच्छे से अमल किया..... बाद में तो चुनाव अधिकारी फोन करके कहते

रावतजी ...बैंक स्टेटमेंट और बिल लेकर इधर ही आ जाइए ...यहाँ भर देंगे मिल बैठ कर...

बस मेरा काम और आसान हो गया.....

एक बात मुझे बहुत अच्छी लगी चुनाव आयोग की... वो इतने सालों बाद भी थोड़ा सा यह

ध्यान रखते थे कि कोई भी नई बात अगर उनके सामने रखी जाए तो उस पर गौर करते थे

और नजरअंदाज नहीं करते थे... जैसे कि मैंने अपना सारा चुनाव प्रचार सिर्फ और सिर्फ

सोशल मीडिया और व्हाट्सएप के जरिए किया.. जिसकी वजह से मेरा नाम हिंदी के दो

अखबारों में ग्रीन कैंपेनर के नाम से भी आया..... जैसे ही चुनाव आयोग के अधिकारियों को

पता लगा कि सोशल मीडिया कैंपेन में भी अच्छा खासा खर्चा होता है जिसका वर्णन कहीं भी

बही खातों में नहीं आ रहा क्योंकि आज तक इसके संदर्भ में अलग से नियम नहीं बने.. तो

उन्होंने एकदम से चुनाव के बीच में अपने बही खातों में एक नई अनुसूची जोड़ दी.... जो कि

मानो या ना मानो मेरी ही देन थी... पर इस बात के लिए उन्होंने मुझे एक मीटिंग के दौरान

धन्यवाद भी किया ...मेरे लिए इतना बहुत था...

नवां अध्याय

नियम तोड़ दो, नियम से चलना छोड़ दो,

इंकलाब जिंदाबाद, आगे बोलो, इंकलाब जिंदाबाद,

नियम कायदे कानून को चुनाव के समय तोड़ने-मरोड़ने की कोशिश बहुत की जाती है... पर

मैंने जितना जाना और लोगों ने अपने अनुभव साझा किए.. चुनाव के समय काफी लोगों को

रोजगार मिलता है... क्या पोस्टर-पर्चे छापने वाले... क्या लोगों की भीड़ जमा करने वाले...

ऑटो वाला घूम रहा दिनभर लाउडस्पीकर लगाकर... शामियाना वाले... कुर्सी-टेबल वाले...

कैटरिंग वाले... सबका बढ़िया बिजनेस चल रहा... खबर मिली कि नुक्कड़ नाटक करने वाली

मंडलियाँ गायब... सुबह-सुबह पार्क में... मार्केट-मॉल जैसे एरिया में... हर ऐसी जगह जहाँ

थोड़ा भीड़ मिलती... नाटक करते हुए पाए जाते...

चलो कम से कम कुछ दिन तो बेरोजगारी कम रहेगी... और ऐसा नहीं कि चुनाव के अलावा

ये लोग कुछ और काम नहीं करते पर चुनाव के वक्त पर खुद बताते कि रेट दस गुना बढ़

जाते... सब डिमांड और सप्लाई का खेल है...

चुनाव के दिन हर पोलिंग स्टेशन पर बड़ी-बड़ी पार्टियों के पोलिंग एजेंट सुबह से शाम तक बैठे रहते... बताते कि 5-6 हजार मिल जाते और खाना-पीना अलग... इससे बढ़िया और क्या... इतने तो बेचारे चुनाव ड्यूटी में एक दिन पहले से आए सरकारी और स्कूल के कर्मचारी जो प्रिसाइडिंग और पोलिंग ऑफिसर की ड्यूटी करते और रात में लगभग 2-3 बजे ही फ्री हो पाते, उनको भी नहीं मिले...

एस्टोनिया एक छोटा सा देश... यहाँ पर इंटरनेट पर चुनाव होता है... इस खबर को सोचकर मुझे बड़ा अचरज होता कि भला इंटरनेट पर चुनाव कैसे हो सकता... क्या यह हमारे जैसे देश में भी संभव... कम से कम चुनाव के दौरान गड़बड़ी की खबरें और उससे ज्यादा दुखी करने वाली बात कि गर्मी के कारण काफी ऑफिसर्स को स्वास्थ्य संबंधी परेशानियाँ हुईं... उन सब से बचाव तो हो जाएगा... शायद जितना खर्चा होता चुनाव पर... वह भी कुछ हद तक कम हो जाए... देखते हैं आगे क्या होता...

दसवां अध्याय

एहसान मेरे दिल पे तुम्हारा है दोस्तों,

यह दिल तुम्हारे प्यार का मारा है दोस्तों,

सच में मेरे गाँव के लड़कों ने बहुत साथ दिया। इन फैक्ट सभी युवा वर्ग ने चाहे वो मेरे दोस्त राजेशजी की बेटी प्राची हो या रविंदर भाई की टीम की श्रुति या गाँव में मेरा भाई पंकज, या मेरे पड़ोस में रहने वाले भट्टजी की बेटी जिसने मेरी इलेक्शन अकाउंट खोलने में बहुत मदद की और भी बहुत सारे युवा जिनका नाम अभी लेने लगूँ तो एक नया ही चैप्टर खुल जाएगा, सबके साथ का बहुत-बहुत धन्यवाद करना चाहूँगा। क्योंकि युवा पीढ़ी को पसंद है मोबाइल और उनके लिए यही उनकी दुनिया बनकर रह गया है। तो मैंने सोचा क्यों न इसी से संबंधित कुछ रोमांचक कार्य किया जाए। चुनाव तो समाप्त हो चुके हैं तो अब इस मुद्दे को चुनावी प्रक्रिया से न जोड़ा जाए। मेरे बड़े भाई ने जो कि बापूजी के साथ एक गाँव की शादी में गए हुए थे उन्होंने चुनाव में कितने वोट पड़ेंगे इस पर गाँव में घोषणा कर दी कि जो सबसे सही या आस-पास अनुमान लगाएगा उसको एक मोबाइल इनाम में दिया जाएगा। इस घोषणा से गाँव के युवा वर्ग में एक उत्साह सा दौड़ गया और इसमें इनाम से ज्यादा यह बात गौर

करने लायक थी कि किसकी चुनावी प्रक्रिया में कितनी पकड़ है। क्योंकि चुनाव के परिणाम का अनुमान लगाना अपने आप में ही एक बहुत बड़ी प्रक्रिया है और बड़े-बड़े विद्वान इन्हीं कामों में लगे रहते हैं और अंकों से खेल कर खूब पैसा कमा कर ले जाते हैं। चुनाव के परिणाम 4 जून को आने शुरू होंगे, तो ये विद्वान लोग दो-तीन दिन पहले से ही टीवी अखबारों में छाए हुए मिलेंगे और चुनाव के परिणाम के दो-चार दिन बाद भी जो उन्होंने अनुमान लगाए थे उनमें क्या कमी रह गई और अगर अनुमान सही हो गए तो वाहवाही बटोरने में लगे रहेंगे।

मैं गाँव में यही देखना चाहूँगा कि गाँव के बच्चों में से कौन है हमारा चुनावी विद्वान।

अंतिम अध्याय

सीने में जलन, आँखों में तूफान सा क्यों है,

इस शहर में हर शख्स परेशान सा क्यों है...

मेरा जो चुनाव का सफर शुरू तो हुआ मज़े-मज़े में... पर अंत तक पहुँचते-पहुँचते... इस सफर

के साथ कई ऐसी बातें हुईं... कुछ सुखद और कुछ ऐसी जिसने मुझे जीवन के एक नए

आयाम से मेरा परिचय करवाया... जो शायद अगर मैं इस सफर पर नहीं निकलता तो मैं

उन बातों से अछूता ही रह जाता... और उस हालत में वो मेरी एक कमी होती...

सफर मैंने शुरू किया था तो उसका अंजाम मुझे पहले से ही पता था... मेरे साथ के दोस्त

और हितैषी अभी तक मेरे सफर को एक जुनून की तरह देख रहे हैं और उन्हें लगता है कि

पता नहीं क्या हो जाए... परिणाम कुछ भी हो सकता है... पर शायद उनके लिए परिणाम

एक नंबर है... 200, 500, 2000, 5000... पर मेरे लिए यह चुनाव कभी भी नंबरों से जुड़ा

ही नहीं था... जाने-अनजाने में मैंने कहा लोगों को... कि भाई मेरी तो पेंशन चल रही है...

मुझे किस बात का डर... पर कोई भी इंसान कोई भी काम चाहे अनजाने में ही क्यों न करे...

उसके परिणाम के बारे में अवश्य सोचता है... एक उम्मीद सी जुड़ी होती है... नंबर न सही

पर अपने जो काम किया उसका कहीं तो असर नजर आए... या इसको असरदार दिखाने के लिए आपको अभी और मेहनत करनी है... गुमनामी में तो जिंदगी चल रही थी और अभी भी एक गुमनामी का आलम है। पर अभी वाली गुमनामी में एक आवाज़ है... पहले जैसी खामोशी नहीं... ऐसा लग रहा है कि कोई आप पर नज़र लगाए बैठा है... दूर से कोई आपकी हरकतों को गौर से देख रहा है... कि आप क्या कर रहे हो कहाँ जा रहे हो किससे मिल रहे हो... शायद एक भ्रम मात्र है... मुझे वैसे अंदर से एक चाह है कि सड़क पर चलते लोग पहचानें कि अरे आप तो वही हैं जो इलेक्शन लड़े थे... नागरिक करें नागरिक का सम्मान वाले उम्मीदवार... पर दूसरी तरफ डर सा लगता है कि इससे तो मेरा निजी जीवन कहीं समाप्त न हो जाए... जिस स्वच्छंद तरीके से अपने दोस्तों के साथ सीपी के चक्कर लगाए जाते हैं रात के 12-1 बजे... वो कहीं बंद न हो जाए...

इसके अलावा और भी भार है मेरे कंधों पर... अखबारों में जो अनुच्छेद छपा था उसने भी मेरे सर पे ग्रीन कैंपेनर का ताज पहना दिया और अब मेरा दायित्व बनता है कि मैं इस खिताब को आगे आने वाले चुनावों में कायम रखूँ... मेरे दोस्त की बेटी ने मेरे सोशल मीडिया पोस्ट

में दिए इंट्रोडक्शन में जहाँ मैं एक डॉग के साथ फोटो में हूँ... उसको देखते हुए अपने पापा से पूछा पापा ये अंकल डॉग्स की हेल्प कैसे करेंगे... इस सवाल ने मुझे बहुत कुछ सोचने पर मजबूर कर दिया...

मुझे सबसे बड़ी खुशी इस बात की है कि यह पहल और यह सोच और यह हिम्मत मैंने अपने अंदर किसी तरह से खोजी क्योंकि इस बार के चुनाव में खड़े होना मात्र ही एक जंग जीतने के बराबर था। पर शायद मेरी माताजी का ध्यान कर और बापूजी के आशीर्वाद और परिवार में सबका साथ और दोस्तों और चाहने वालों ने जो मुझमें विश्वास जगाया और मुझे प्रोत्साहित किया उसका ही परिणाम है कि मैं यह दुर्गम कार्य कर पाया। जब आप किसी रेस में भाग लेते हो तो यह नहीं कह सकते कि मैं तो ऐसे ही भाग रहा था, आपके मन में कहीं न कहीं उस रेस को जीतने की चाह होती है और मेरे भी मन में है। जितने दिन मेरे पास थे उतने दिनों के हिसाब से मैंने काफी मेहनत कर डाली और आखिरी सेकंड तक मेहनत कर ही रहा था। तो चुनाव के परिणाम जो मरजी आएं, भगवान से प्रार्थना तो रोज ही चल रही है कि प्रभु नाक न कटवा देना, कुछ न कुछ तो दिला ही देना वोट। आज 3 जून है, कल चुनाव का

परिणाम खुल जाएगा और गाँव में किसको मोबाइल इनाम मिलेगा वो भी पता लग जाएगा।

तो मेरे साथ-साथ गाँव के हर उस इंसान को भी अब मेरे चुनाव में कितने वोट पड़े का उतना ही बेसब्री से इंतजार होगा जितना मुझे है। इस तरह मैंने अपने साथ कई और लोगों को इस चुनाव का हिस्सा बना डाला अंत में भी। यही तो मैं चाहता था कि कम से कम मेरे नजदीकी, मेरे हितैषी, मेरे करीबी, मेरे हमदम, मेरे दोस्त, मेरा परिवार सब इस चुनाव का हिस्सा बनें।

दूसरों के लिए जितना करो वो बात नहीं आ पाती जब अपने ही घर का, गली-मोहल्ले का, अपनी कॉलोनी का, अपने साथ पढ़ा हुआ, अपने साथ खेला-खाया, अपने से रोज मिलने वाला, अपने गाँव से ही कोई कुछ कर दिखाए तो मज़ा आए। इंतजार करते हैं आप और मैं दोनों चुनाव का क्योंकि जब तक यह किताब छपने जाएगी चुनाव के परिणाम आ चुके होंगे। तो पढ़िए इस चुनावी सफर को परिणाम के साथ चाय की चुस्कियाँ लेते-लेते, मज़ा आएगा आपको भी।

******

यादेंssss

EVERY VOTE COUNTS
Just as your every rupee counts,
RETURNING OFFICER
New Delhi Parliamentary Constituency
EVERY VOTE COUNTS
Just as your every rupee counts,
RETURNING OFFICER
New Delhi Parliamentary Constituency
P.S. No.
I AM A PROUD VOTER

COLLEGE OF ARTS & CO
(UNIVERSITY OF DELHI)
NETAJI NAGAR
NEW DELHI 11002
GUYS NEED YOUR SUPPORT
YOUR FRIEND IS CONTESTING
ELECTION FROM NEW DELHI
CAPITAL OF INDIA
AS AN INDEPENDENT CANDIDATE
SYMBOL-NAGRIK
JAI SUBHAS

Name नाम	**SANJAY RAWAT** संजय रावत
Father/ Husband पिता/पति	**Prabhu Dayal Singh Rawat** प्रभु दयाल सिंह रावत
Party दल	**Independent** निर्दलीय
Age उम्र	**50**
Gender लिंग	**Male**
Address पता	House No 1064, Block 22, Lodhi colony, New Delhi - 110003

General Election 2024 >> NCT OF Delhi >> New Delhi

SANJAY RAWAT

Party : Independent

Status : Applied

AC/PC : New Delhi, NCT OF Delhi

BANSURI SWARAJ

Party : Bharatiya Janata Party

Status : Applied

लेखक, संजय रावत, उत्तरखण्ड के एक छोटे से गाँव क्वाली , ज़िला पौढ़ी गढ़वाल और स्थाई निवास लोधी कालोनी नई दिल्ली , एक केंद्रीय सचिवालय सेवा का एक भूतपूर्व अधिकारी है। लेखक ने यह किताब अपने चुनावी सफ़र के दौरान कुछ घटनाओं को लेकर और अपने मन से कुछ और काल्पनिक घटनाओं का ताना बाना बुनकर निर्माण किया है । तो अगर कहा जाए कि यह लेखक के अनुभवों और उनके दिमाग़ से उपजी पैदावार है तो वो कथन सही होगा। लेखक ने यह पुस्तक अपने चुनावी सफ़र के दौरान लिखी और जबतक किताब अपने अंतिम अध्याय तक पहुँची, तब तक चुनाव के परिणामों की घोषणा नहीं हुई थी । शायद जब तक आप तक यह पुस्तक पहुँचेगी तब तक चुनाव के परिणाम घोषित हो चुके होगे और आप चाय की चुस्किया लेते लेते सहपरिवार इस संशिप्त पुस्तक का आनंद ले रहे होंगे।

*****